Rudolf Leonhard

Versuch einer Entscheidung der Streitfrage über den Vorzug der successio graduum vor dem Accrescenzrechte nach römischem Rechte: eine Gelegenheitsschrift

Antigonos

Rudolf Leonhard

Versuch einer Entscheidung der Streitfrage über den Vorzug der successio graduum vor dem Accrescenzrechte nach römischem Rechte: eine Gelegenheitsschrift

Unveränderter Nachdruck der Originalausgabe von 1874.

1. Auflage 2024 | ISBN: 978-3-38634-561-3

Antigonos Verlag ist ein Imprint der Outlook Verlagsgesellschaft mbH.

Verlag: Outlook Verlag GmbH, Zeilweg 44, 60439 Frankfurt, Deutschland, info@outlook-verlag.de
Vertretungsberechtigt: E. Roepke, Zeilweg 44, 60439 Frankfurt, Deutschland
Druck: Libri Plureos GmbH, Friedensallee 273, 22763 Hamburg, Deutschland

Versuch

einer

Entscheidung der Streitfrage

über den

Vorzug der successio graduum

vor dem

Accrescenzrechte nach römischem Rechte.

Eine Gelegenheitsschrift

von

Rudolf Leonhard,
Gerichts-Referendar.

Halle,
Verlag der Buchhandlung des Waisenhauses.
1874.

Seiner Excellenz

dem Minister für landwirthschaftliche Angelegenheiten

Herrn Rudolf Friedenthal,

Doctor beider Rechte, Ritter hoher Orden

u. f. w.

zu seinem fünfundzwanzigjährigen Jubiläum

als Doctor der Rechte

a m 27. O c t o b e r 1 8 7 4

in aufrichtiger Verehrung

gewidmet

von

Rudolf Leonhard,

Gerichts = Referendar.

Vorwort.

Gegen den vielleicht übertriebenen Römercultus der historischen Schule ist eine fühlbare Reaction eingetreten.

Die neuere Rechtswissenschaft strebt entschieden „über das römische Recht hinaus." So berechtigt dies Streben auch ist, und eine so berechtigte Anerkennung es in der nunmehr gesicherten Aufstellung eines nationalen Gesetzbuches finden wird, so kann doch jeder, der von der Vorzüglichkeit des römischen Systems aufrichtig durchdrungen ist, die Befürchtung nicht unterdrücken, daß von diesem System gar Manches, das noch nicht völlig erkannt und gewürdigt ist, von dem codificirten nationalen Rechte fernbleiben und dann der Vergessenheit anheimfallen werde.

Dem Verfasser erscheint daher von seinem Standpunkte aus jeder Versuch, der geeignet ist, das Ansehen des römischen Rechtes zu erhöhen, besonders zeitgemäß. Er hat es sich zur Aufgabe gemacht, in dieser kleinen Gelegenheitsschrift nachzuweisen, daß eine angebliche Lücke des römischen Rechtes, aus welcher eine berühmte Streitfrage entstanden ist, in der That nicht existirt und daß sich diese vielbesprochene Streitfrage auf römischer historischer Grundlage lösen läßt.

Nur in diesem besondern Zwecke der vorliegenden Broschüre läßt sich eine Entschuldigung für das Unternehmen finden, der Litteratur einer schon nach so vielen Seiten hin behandelten Streitfrage noch eine neue Abhandlung hinzuzufügen.

Die Stellung, Fassung und Würdigung der Frage.

Das besondere Ziel dieser Arbeit.

Die vorliegende Lehre gehört, was viel sagen will, zu den am Meisten bestrittenen des gemeinen Rechtes.[1]

Die Hauptfälle ihrer Anwendung sind bekanntlich folgende: Es fällt einer von mehreren Descendenten, welchen die Erbschaft als den nächsten Erben deferirt worden war, vor dem Erwerbe derselben weg; rückt diesem nun sein Sohn, den er vorher ausschloß, nach, oder fällt der vacant gewordene Theil an die andern, denen die Erbschaft zugleich deferirt war?

Oder, es hinterläßt Jemand einen Vater, einen Großvater, einen vollbürtigen Bruder und einen Sohn des letzteren und es fällt der Vater nach der Delation weg, kommt nun der durch den Vater vorher ausgeschlossene Großvater zur Erbschaft, oder wird dies durch das Accrescenzrecht des Bruders verhindert? Desgleichen fragt es sich, ob, wenn der Bruder allein wegfällt, dessen Sohn trotz des Accrescenzrechts des Vaters nachrücken kann?

Ebenso ist bei dem Wegfalle eines von mehreren zusammenberufenen Brüdern fraglich, ob dessen Söhne nachrücken können, und zwar kann diese Frage ebenso bei halbbürtigen, wie bei vollbürtigen Brüdern entstehen.

Man formulirt die Frage gewöhnlich als die Frage nach dem Vorzuge der successio graduum vor dem Accrescenzrechte

unb zwar scheint mir diese Fassung, obwohl sie angefochten wor=
ben ist,[2] boch völlig angemessen zu sein. Denn mit dem unrö=
mischen Ausdrucke successio graduum pflegt man das Recht ent=
fernterer Erben, näheren innerhalb jedes ordo nachzurücken, zu
verstehen, unb nur auf Grund dieses Rechtes kann in den vorste=
henb erwähnten Fällen an ein Nachrücken der nächstfolgenden
Erben gedacht werden, während ohne biese successio der Nach=
erben die Portion des Weggefallenen unzweifelhaft an bessen Mit=
erben gelangen müßte. Es collibiren also in der That hier suc-
sessio graduum unb Accrescenzrecht.

Die Frage ist unstreitig von practischer Bedeutung.[3] Allein
ihre Hauptwichtigkeit liegt in ihren Beziehungen zu den Begriffen
der Accrescenz unb der Succession, als den Grundlagen des
Intestatrechts. Ich glaube, baß sie gerade biesem Umstande
ihre eingehende unb umfangreiche Behandlung Seitens der neuern
Wissenschaft verdankt.

Bekanntlich haben sich die Vertreter der hier zu vertheidigen=
ben Ansicht von dem Vorzuge der Succession vor dem Accres=
cenzrechte neuerbings erheblich vermehrt, man kann die einst unbe=
bingt überwiegende entgegengesetzte Ansicht jetzt, nachdem Männer
wie Winbscheib unb Brinz sich zu ihren Gegnern bekannt
haben, gewiß nicht mehr die herrschende nennen. Wenn es daher
der Zweck dieser Arbeit wäre, nur die Gründe für die ohnehin
vorwiegende Ansicht von Neuem zusammenzustellen, so würde ihr
der Vorwurf der Ueberflüssigkeit gewiß nicht erspart bleiben
können.

Allein die hier zu vertretende Auffassung kehrt sich in glei=
cher Weise gegen Freund unb Feind. Die Stärke der entgegen=
gesetzten Meinung liegt nämlich, wie ich glaube, noch immer in
der Schwäche der Gründe ihrer Gegner. Die Berufung auf
Gesetzesstellen zum Beweise einer oder der andern Ansicht darf
wohl im Allgemeinen als verunglückt angesehen werden.[4]

So ist denn der Streit dahin gekommen, daß von beiden Theilen hauptsächlich durch petitiones principii der Streit ausgefochten wird. Es soll darin keineswegs ein Vorwurf gegen die Streitenden liegen; denn wenn es wirklich wahr wäre, daß alle andern Hülfsmittel zur Entscheidung dieser Streitfrage versagen, so läge allerdings eine Lücke der römischen Gesetzgebung vor, die im Interesse der Praxis unbedingt ausgefüllt werden müßte, und es bliebe dann allerdings dabei nichts übrig, als die fehlenden Prinzipien nach eigener Rechtsanschauung zu ergänzen.

So halte ich für eine reine petitio principii den Satz, daß das Accrescenzrecht eine absolut ausschließende Gewalt habe,[5] daß jeder Erbe, da er principiell auf das Ganze berufen sei, nur durch den concursus eines Mitdelaten, nicht aber durch den eines Nacherben desselben beschränkt werden könne,[6] daß es wesentlich auf die Zeit der Delation ankomme,[7] daß die Delation ein jus quaesitum gebe,[8] ebenso den Satz, die succedirenden Erben seien als gesetzliche Substituten unter der Bedingung eingesetzt, daß den vorgehenden Erben die Erbschaft noch nicht deferirt sei.[9] Alle diese Sätze sind völlig unbewiesen, und setzen eben das voraus, was bewiesen werden soll. Aber auch die Hauptgründe der Gegenpartei sind gleicher Art. Daß bei dem Wegfallen eines Berufenen Alles so gehalten werde, als habe er nie existirt,[10] daß das Accrescenzrecht eine subsidiäre Natur habe,[11] daß man bei der Frage, wer der Nächste zu der ausfallenden Portion sei, zunächst von der bereits geschehenen Delation abstrahiren müsse,[12] alle diese Sätze sind nur petitiones principii.

Auch das Argumentiren aus dem Geiste der Justinianischen Gesetzgebung heraus, die Berufung auf das Billigkeitsgefühl[13] scheint mir nicht zu genügen, um die klaffende Lücke auszufüllen. So wahr es ist, daß die logische Interpretation, welche für den Gesetzgeber in dessen Geiste denkt,[14] oft unentbehrlich ist, so wahr es ist, daß gerade auf diesem Gebiete die kühnsten und großartigsten Leistungen der Jurisprudenz hervorgebracht werden, so wird man doch wohl von diesem Mittel solange Abstand nehmen müssen, als man sich noch auf positive gesetzliche Vorschriften zu stützen im Stande ist.

Vor allem würde ich jenen Weg nur selten für geeignet halten, um eine behauptete Neuerung des Rechtes zu begründen. Wäre es daher wahr, daß die auch hier vertretene Ansicht eine wirkliche Neuerung statuirt, so würde ich, trotz der entgegenstehenden Autoritäten kein Bedenken tragen, bei der andern, der alten zu verbleiben, bis ich von der angeblichen Neuerung durch zwingende Gründe überzeugt wäre.

Es kommt eben in dieser Frage, da uns die für gewöhnlich in Betracht kommenden Entscheidungsmomente im Stiche lassen, alles darauf an, wen die Beweislast trifft.[15]

Es stimmen nun fast Alle darin überein, daß die hier vertretene Ansicht es sei, welche den Beweis ihrer Richtigkeit zu erbringen habe, daß das neuere Institut der successio graduum seine Fähigkeit, das alte Accrescenzrecht zu durchbrechen, darthun müsse. Lediglich aus diesem Grunde bekennt sich z. B. Schirmer[16] zu der ältern Ansicht, an der Beweisbarkeit der neuen verzweifelnd. Und in der That ist auch hier vorher ausgeführt worden, daß alle Beweise unserer Meinung aus der Natur der successio graduum auf schwachen Füßen stehen. Ich würde daher kein Bedenken tragen, mich Schirmer anzuschließen, da ich es für gefährlich halte, sich über die Consequenzen des römischen Rechtsbaues durch einfache Berufung auf unser modernes entwickelteres Rechtsbewußtsein hinwegzusetzen.

Allein die allgemein übliche Vertheilung der Beweislast erscheint mir unzutreffend. Es ist die Aufgabe des vorliegenden Schriftchens, nachzuweisen, daß nicht die Meinung, welche der successio graduum den Vorzug giebt, sondern diejenige, welche das Accrescenzrecht bevorzugt, eine Neuerung behauptet, welche sie beweisen muß.

---

§ 2.

Die Stellung des vor der Novelle 118 geltenden Rechtes zu der vorliegenden Streitfrage.

Dieser Satz erscheint zunächst zum Mindesten paradox. Denn, so wird mir ein Jeder einwenden, es steht fest, daß das Institut des Accrescenzrechts uralt ist, während die successio graduum in ihrer Allgemeinheit keineswegs ein gleiches Alter aufweisen kann. Es geht ja jenes Princip des Accrescenzrechts aus dem Grundgedanken des römischen Erbrechtssystems, der Einheit der hereditas hervor, während die successio graduum diesem System sogar ursprünglich fremd war. Sollte da nicht bei der Collision beider das erstere die Präsumption des Prävalirens für sich haben?

So scheinbar dies ist, so scheint es mir doch nicht richtig zu sein. Es ist allerdings wahr, daß im alten Rechte die Erbschaft bei dem Wegfallen einzelner Erben unbedingt und immer den andern Erben accrescirte, niemals aber der Theil dessen, welcher weggefallen war, weiter deferirt wurde, so lange noch Miterben desselben existirten. Es ist ferner richtig, daß dies aus der Einheit des hereditas mit Nothwendigkeit folgte; die Theile, welche nur concursu entstanden, mußten beim Wegfallen des concursus zum Ganzen zurückkehren. Es ist aber falsch, daraus zu folgern, daß im alten Recht das Accrescenzrecht der successio graduum vorgezogen worden sei, weil die successio graduum damals mit dem Accrescenzrechte überhaupt noch nicht collibiren und concurriren konnte; da nämlich, wo sie nach der richtigen

Ansicht allein vorhanden war, nämlich in den Klassen der Cogna=
ten und seit Justinian der Agnaten, mußten jedesmal die Miterben
eines weggefallenen Erben schon deshalb dessen Hintermänner
ausschließen, weil sie an und für sich einen nähern Grad hat=
ten, d. h. weil der, welcher einem von ihnen erst nachfolgte, auch
zugleich ihr Nachfolger war; denn die Berufenen waren gleichen
Grades und der hinsichtlich seines Grades Nähere schloß den Ent=
fernteren nicht nur als der Miterbe des Weggefallenen, sondern
wegen der eigenen Grabesnähe aus.

Es ist also eine offenbare petitio principii, zu sagen, daß
im alten Intestaterbrecht das Accrescenzrecht der Miterben das
Nachrücken der Nacherben verhindert habe; sondern es gab über=
haupt keine Nacherben, so lange Miterben vorhanden waren.
Selbst wenn damals der Satz, daß im Collisionsfalle die successio graduum dem Anwachsungsrechte vorgehe, gegolten hätte,
selbst dann wäre das Nachrücken der Nacherben beim Vorhanden=
sein von Miterben unmöglich gewesen.

Man darf daher nicht sagen: „Im vornovellischen Rechte
ging das Accrescenzrecht der successio graduum vor." Man
muß vielmehr sagen: „Im alten Recht konnte das Accrescenzrecht
noch nicht mit der successio graduum collidiren." Daraus
folgt, daß man aus den Vorschriften dieses Rechtes für die vor=
liegende Frage keine Argumente herleiten darf.[17]

Dagegen ließe sich behaupten, daß die Collision des Accres=
cenzrechts und der successio graduum doch nicht so unbedingt
erst seit der Novelle 118 möglich gewesen sei.

Beide Institute wären nämlich einmal im ordo unde liberi
und dann bei dem spätern anomalen Erbrechte ex Senatuscon-
sulto Tertulliano zusammengetroffen. Die Entscheidungen dieser
Fälle müßten dann auch für die hier vorliegende Frage maßge=
bend sein.

Was zunächst den ordo unde liberi betrifft, so scheint mir die Ansicht, daß in der letzten Zeit auch in ihm eine successio graduum gegolten habe, durchaus irrig.[18] Es steht fest, daß der Prätor in diesem ordo den altcivilen ordo der sui nur insofern abgeändert hat, daß er bei leiblichen Kindern, welche aus ihrer Familie herausgetreten waren, sich jedoch nicht in fremder Familie befanden, den Heraustritt aus ihrer Familie als nicht geschehen fingirte. Er berief also hier nur die wirklichen und die fingirten sui;[19] sui aber sind stets die, welche bei des Erblassers Tode unmittelbar in der Gewalt desselben standen, es giebt deren also nicht mehrere gradus, welche einander succebiren könnten, sondern es gehörte entweder jemand zu dieser Klasse und dann wurde er sogleich berufen, oder er gehört nicht zu ihr, und dann konnte er selbstverständlich nicht in ihr als zweiter Grad succebiren.

Daß aber diese Grundidee des ordo unde liberi, welche die Möglichkeit einer successio graduum innerhalb desselben schlechterdings ausschließt, im Laufe der Zeit sich dahin verändert habe, daß dieser ordo die Descendenten schlechtweg enthielte,[20] unter denen allerdings ein Nachrücken denkbar wäre, dies müßte erst erwiesen werden und scheint mir keineswegs erwiesen zu sein. Wäre dies der Fall, und gäbe es auch in diesem ordo eine successio graduum, so würde allerdings § 9. Inst. de bon. poss. 3, 9:

> Et si intra hoc tempus aliquis bonorum possessionem non petierit, ejusdem gradus personis adcrescit, vel si nemo sit deinceps, ceteris bonorum possessionem perinde pollicetur, ac si is, qui praecedebat, ex eo numero non esset,

direct gegen die hier vertretene Ansicht sprechen.[21]

Anders verhält sich die Sache mit einem Falle des Tertullianischen Erbrechts, welchen man zur Entscheidung der vorliegenden Streitfrage herangezogen hat.[22] Es ist nämlich merkwürdiger

Weise eine vielbesprochene Stelle, l. 2 § 18 dig. ad S. C. Tertull. 38, 7, zur Entscheidung der vorliegenden Controverse gerade von den Vertheidigern der hier vertretenen Ansicht vielfach benützt worden, obwohl, wie sogleich erwiesen werden soll, die dazu gehörigen Bestimmungen für unsere Ansicht gar nichts beweisen, vielmehr eher für unsere Gegner zu sprechen scheinen.

Bei diesem Senatusconsultum war in der That nicht nur eine Art Nachfolge der Erbschaftsgrade vorhanden, sondern es konnte auch der Fall eintreten, daß dieselbe mit dem Accrescenzrechte concurrirte. Mit andern Worten: während jeder von mehreren in dem ordo unde cognati früher berufenen Miterben stets einen höhern Grad hatte, als jeder eventuelle Nacherbe, also von einer successio graduum abgesehen vom Accrescenzrechte beim Vorhandensein von Miterben nicht die Rede sein konnte, so sehen wir in der erwähnten Stelle zwei Personen zusammen erben, welche einen verschiedenen Grad haben, deren Nacherben also nicht an und für sich von dem Miterben schon durch Grabesnähe ausgeschlossen werden müssen.

Die Stelle lautet l. 2 § 18 dig. ad S. C. Tert. 38, 17:

> Si sit consanguinea soror defuncti, sit et mater, sit et pater adoptatus vel emancipatus, si consanguinea velit habere hereditatem, matrem ex senatus consulto una cum ea venire et patrem excludi placet. si consanguinea repudiet, matrem ex senatusconsulto propter patrem non venire, et quamvis alias non soleat mater exspectare consanguineam, velit nec ne hereditatem, nunc tamen exspectaturam, consanguinea enim est, quae patrem excludit.[23]

Der Fall ist folgender: Ein Erblasser hinterließ eine Mutter und agnatische Schwester und außerdem einen Vater, mit dem er nur im Cognations-, nicht im Agnations-Verbande stand. Nach dem Senatusconsulte war eine Vorfrage für das neu eingeführte Erbrecht der Mutter die, wer nach altem Rechte Erbe geworden wäre? War dies der Vater, so schloß er, selbst wenn er nur ein cognatischer Vater war, die Mutter unbedingt aus, sofern er zur Erbschaft bezw. bonorum possessio kam. Hier nun wird er durch die agnatische Schwester, welche als Agnatin ihn, den Cognaten zurückdrängt, von der Erbschaft ausgeschlossen und somit verhindert, die Mutter auszuschließen, und nur so erlangt die Mutter das ihr neben einer consanguinea zugesicherte Erbrecht auf die Hälfte. Dies gilt jedoch nur, wie die Stelle sagt, für den Fall, daß die Schwester die Erbschaft antritt, denn nur dann wird der Vater zurückgedrängt und verhindert, die Mutter auszuschließen. Schlägt die Schwester dagegen aus, so wäre nach altem Recht der Vater zur Erbschaft gekommen, in diesem Falle kann also die Mutter nicht erben. In Folge dessen wurde ihr, so lange es noch ungewiß war, ob die Schwester antreten würde, nur bedingt deferirt; trat dieselbe an, so convalescirte die Delation, repudiirte dieselbe, so wurde sie hinfällig. Dies ist wenigstens aus dem Worte: „expectaturam“ mit Bestimmtheit zu entnehmen.

Es sind hier also zwei Personen da, welche an und für sich zusammen berufen werden; die eine der beiden, die Schwester, schließt eine dritte aus, den Vater, während die Miterbin, die Mutter, diesen nicht nur nicht ausschließt, sondern sogar von ihm ausgeschlossen wird. Es wird also hier der Nacherbe der Schwester vor ihrer Miterbin bevorzugt. Also — so schließen einige weiter — muß da, wo es sich darum handelt, wer mehr zu berücksichtigen sei, der Miterbe oder der Nacherbe, letzterer den Vorzug verdienen.

Allein bei dieser Argumentation wird ganz übersehen, in welcher Weise die Bevorzugung des Nacherben stattfindet. Es würde nämlich die Stelle, auf unseren Fall angewendet, zu viel beweisen. In dem Falle der Stelle rückt nämlich nicht etwa der

Vater als Nacherbe, der Schwester nach und verdrängt dann die Mutter, sondern die Rücksicht auf den Vater geht soweit, daß die Miterbin der consanguinea (die Mutter), überhaupt nur unter der Bedingung berufen wird, daß der Nacherbe der consanguinea durch das Antreten derselben definitiv ausgeschlossen wird. Wenn man das auf unsere Frage anwenden wollte, so würde man für den Fall, daß mehrere Söhne berufen werden, welche alle gleichfalls Söhne haben, zu dem sonderbaren Resultate kommen, daß jeder der Söhne aus Rücksicht auf seinen Neffen nicht eher berufen werden würde, als bis seine Brüder als Väter derselben diese durch Erbschaftsantritt definitiv ausgeschlossen haben würden, die Delation des einen wäre immer durch den Antritt des andern bedingt, und, da dieser auch nicht antreten könnte, eben weil er nur unter der entsprechenden unmöglichen Bedingung berufen wäre, so käme keiner zur Erbschaft. Ja, wenn man wirklich annähme, daß die ratio in unserer lex die sei, den Nacherben (pater) in seiner Eigenschaft als Nacherben der miterbenden Mutter vorzuziehen, so müßte man aus der Art und Weise, in der die lex dies bewirkt, geradezu ein Argument gegen die hier vertheidigte Ansicht entnehmen. Unsere lex nämlich suspendirt das Erbrecht der Mutter so lange, bis es sich entscheidet, ob der Vater nachrückt. Würde sie es nicht suspendiren, sondern gleich der Mutter deferiren, so würde dann — so könnte man sagen — bei dem Wegfalle der Schwester der Vater nicht nachrücken, weil das Accrescenzrecht der Mutter dies verhindern würde. Sollte nun wirklich diese eigenthümliche Suspension deshalb bestimmt sein, damit der nachrückende Vater dem Accrescenzrechte der Mutter gegenüber zur Geltung kommen könnte, so müßte man hieraus folgern, daß ohne dieses außerordentliche Mittel der Suspension die Succession nicht stark genug sei, um das Accrescenzrecht zu durchbrechen, daß also der Regel nach das Accrescenzrecht stärker sei, als die successio graduum, und wenn jenes vermieden werden solle, das Erbrecht derjenigen Person, deren Accrescenzrecht zum Vortheile der successio graduum beseitigt werden soll, ausdrücklich bedingt sein müsse. Bei den regulären unbedingten Erbrechten also gehe das Accrescenzrecht vor.[24]

Dieser Argumentation werden sich in der That diejenigen nicht entziehen können, welche die erwähnte Stelle für unsere Controverse heranziehen wollen. Allein diese Stelle hat mit derselben nichts zu thun. Daß nämlich das Erbrecht der Mutter bedingt ist, ist nicht deshalb geschehen, um das Nachrücken des Vaters zur Geltung zu bringen, sondern um den vollständigen Ausschluß der Mutter für den Fall, daß der Vater nachträglich berufen wird, zu ermöglichen. Dies würde man selbst dann, wenn der hier verfochtene Satz von dem Vorzuge der successio graduum gegolten hätte, nicht ohne Weiteres erreicht haben; denn dann wäre ja der Vater eben nur der Schwester nachgerückt, ohne die Mutter zu verdrängen. Dies Letztere, die Verdrängung der Mutter, im Falle der Repudiation Seitens der Schwester, konnte nur dadurch erreicht werden, daß das Erbrecht der Mutter für den Fall des Antritts der Schwester suspensiv oder für den Fall des Ausschlagens derselben resolutiv bedingt wurde. Bei der großen Abneigung der Römer gegen resolutiv bedingte Erbrechte ist es nicht wunderbar, daß der erstere Weg eingeschlagen wurde.

Da hier also das Erbrecht der Mutter aus diesem besondern Grunde ein bedingtes war, und bei dem Nachrücken des Vaters diese Bedingung deficirte, so war in diesem Falle überhaupt kein mütterliches Erbrecht als Grundlage eines Accrescenzrechtes vorhanden.

Aus dem Gesagten folgt, daß in dem vornovellischen Rechte nicht nur eine Entscheidung unserer Controverse fehlt, sondern diese Controverse selbst noch nicht möglich war.

———

§ 3.

Der historische Ursprung der Möglichkeit der vor=liegenden Streitfrage.

Es soll nun kurz dargestellt werden, durch welche von der Novelle 118 eingeführte Abänderungen des bisherigen Rechtes die vorliegende Controverse überhaupt möglich wurde.

Vor der Novelle gab es, abgesehen von den Klassen der sui und der liberi, in welchen eine successio graduum nicht denkbar war, abgesehen ferner von einigen neuern anomalen Erbrechten, von denen das eine so eben besprochen worden ist, und die überhaupt wegen ihrer anomalen Natur zur Entscheidung allgemeiner Fragen keine Analogien darbieten, nur die civile Klasse der Agna=ten, denen der prätorische ordo unde legitimi entsprach, und den ordo unde cognati. In diesen Klassen erbte man nach Grades=nähe, die Nacherben konnten daher schon wegen ihres entfernteren Grades nie mit Miterben concurriren. Nun stellte aber Justi=nian mehrere Klassen auf, in denen er Verwandte verschiedenen Grades zusammenberief, und, indem er so Verwandten entfern=teren Grades das Recht gab, neben nähern Verwandten zu erben, hat er ihnen überhaupt erst die Möglichkeit gegeben, auch als Nacherben neben nähere vorher berufene Miterben ihres Vor=gängers zu treten. So z. B. heißt es jetzt in der ersten Klasse: „gradum requiri nolumus." (Cap. 1 der Novelle.) [25] Der Enkel wird neben dem Sohne gerufen, während er früher in dem ordo cognati durch denselben ausgeschlossen war, daher ist es auch erst jetzt möglich, daß er, wenn sein Vater vor dem Erb=schaftserwerbe wegfällt, den Brüdern desselben an die Seite tre=ten kann.

Im zweiten ordo kann selbst der Urgroßvater, der den drit=
ten Cognationsgrad hat, neben dem Bruder, der den zweiten
hat, berufen werden. Erst dadurch ist es möglich geworden, daß
er auch nachträglich an Stelle des Großvaters neben den Bruder
treten kann. Aehnliches gilt von voll= und halbbürtigen Brü=
dern im Verhältnisse zu den Bruderskindern. Nur in der vier=
ten Klasse ist es beim Alten geblieben, und hier kann daher auch
unsere Controverse nicht vorkommen.

§ 4.

Die Entscheidung der Streitfrage durch die Ent= wickelung der Natur der successio graduum aus der gesetzlichen Grundlage derselben.

Um nun unsere Controverse zu entscheiden, muß zunächst auf
die Vorfrage eingegangen werden, ob denn überhaupt nach dem
Rechte der Novelle 118 eine successio graduum gelte. Daß
Justinian etwas derartiges voraussetzt, folgt unmittelbar aus der
Novelle, in der er wiederholt ausspricht, daß der folgende ordo
erst hinter sämmtlichen Personen des vorhergegangenen zur Erb=
schaft käme. Ausdrücklich bestimmt ist dieselbe jedoch in der
Novelle nicht. Die Einen entnehmen nun die Vorschrift, daß
der eine Erbgrad dem andern nachfolge, ohne Weiteres allgemei=
nen Rechtsprincipien,[26] die Andern nehmen an, daß diese Vor=
schrift, da sie bei den alten ordines unde legitimi und cognati
gegolten, ohne Weiteres auch in das Recht der Novelle 118 hin=
übergegangen sei.[27]

Das Erstere halte ich so lange für entbehrlich und unzuläs=
sig, als sich für die vorliegende Frage eine positive gesetzliche

2*

Grundlage finden läßt. Aber auch der zweiten Annahme liegt so, wie sie von der herrschenden Meinung vertreten wird, ein Irrthum zu Grunde. Durch fast alle die vielen Abhandlungen über unsere Controverse zieht sich nämlich eine Unklarheit hindurch, welche aus dem unrömischen Ausdrucke successio graduum entsprungen ist, hervorgerufen durch eine Zweideutigkeit des Wortes gradus. Die beiden Bedeutungen dieses vielbeutigen Wortes, welche gerade hier in Betracht kommen, sind:

1) der Erbschaftsgrad, d. h. ein Inbegriff von mehreren zusammen Berufenen. Die zunächst Berufenen bilden dabei den ersten, die demnächst Berufenen den zweiten Grad u. s. w.

2) Der Verwandtschaftsgrad, von welchem es heißt: quot generationes tot gradus.

Beide Begriffe deckten sich in den Klassen der Agnaten und Cognaten, in welchen nach vornovellischem Rechte allein eine successio graduum Statt fand, insofern vollständig, als der, welcher entfernteren Verwandtschaftsgrades war, auch später berufen wurde, d. h. einem entfernteren Erbgrade angehörte.

Die vornovellische successio graduum war also eben so gut eine Nachfolge der Erbschaftsgrade wie der Verwandtschaftsgrade.

Dies ändert sich mit der Novelle 118, welche Personen der verschiedensten Verwandtschaftsgrade zusammen beruft, d. h. ihnen den gleichen Erbschaftsgrad anweist.

In den hier angegebenen Beispielen

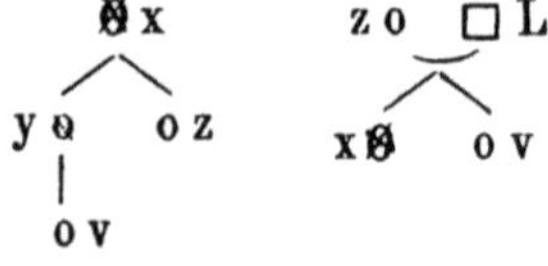

nimmt z. B. V den zweiten Verwandtschafts-, aber den ersten Erbgrad im Verhältnisse zu X ein.

Wenn man nun also in dem Rechte der Novelle nicht nach allgemeinen Rechtsprincipien, sondern im Anschlusse an die alte successio graduum eine Succession innerhalb der Erbschaftsordines annehmen will, so giebt es nur eine doppelte Möglichkeit:

1) entweder man nimmt an, die alte successio, welche sich auf Grade bezog, die die Eigenschaft von Erb- und Verwandtschaftsgraden in sich vereinigten, gelte nunmehr bei den Erbgraden der Novelle, d. h. beim Wegfalle der zuerst Berufenen succediren die demnächst Berufenen in ihrer Eigenschaft als zweiter Erbgrad,

2) oder man nimmt an, daß, obgleich die Novelle 118 nicht mehr durchweg nach Verwandtschaftsgraden erben läßt, doch noch insofern, als noch in ihrem System ein Erben nach Verwandtschaftsgraden Statt findet, die alte Succession der cognatischen Verwandtschaftsgrade gilt.

Diese letztere Ansicht ist meines Wissens noch nie vertreten worden, ich halte sie jedoch für richtig und glaube, daß sie die vorliegende Streitfrage definitiv entscheidet.

Zunächst freilich scheinen beide Successionen, die der Erbgrade und die der Verwandtschaftsgrade in dem Rechte der Novelle in gleicher Weise möglich. Da nämlich die alte successio graduum sich auf Grade bezog, welche zugleich Erb- und Verwandtschaftsgrade waren, so kann sie jetzt bei der Spaltung beider Begriffe sowohl dem einen als dem andern Begriffe zugefallen sein, d. h. sie kann sowohl die Bedeutung haben, daß die, welche hinter einander zur Erbschaft berufen sind (die Erbgrade), einander succediren, als auch, daß die hinter einander succedirenden Verwandtschaftsgrade einander nachfolgen.

Wäre der Ausdruck successio graduum ein quellenmäßiger, so würde man sich darauf berufen können, daß das Wort gradus im Intestaterbrechte quellenmäßig niemals den Erbgrad, sondern stets den Verwandtschaftsgrad bezeichnet, oder wenigstens sich durchweg passender in dem letzteren Sinne interpretiren läßt.[28]

Die Quellenstellen, in welchen von der successio graduum die Rede ist, drücken sich aber sogar derartig aus, daß sie auf den Begriff des Erbgrades hinzudeuten scheinen.[29] Allein einmal deuten sie daneben doch auf das Wort gradus hin,[30] welches eben in dem Intestaterbrechte den Verwandtschaftsgrad bedeutet und dann — was das Entscheidendste ist — waren ja vor der Novelle 118 die Erbgrade in den Klassen, in welchen die Succession Statt fand, eben nichts anderes, als Verwandtschaftsgrade, man kann daher das, was von ihnen galt, auf die ihrer Art nach gänzlich verschiedenen Erbgrade der Novelle nicht ohne Weiteres beziehen. Was daher von den Cognaten, welche nach Verwandtschaftsgraden einander folgten, galt, das kann man nicht ohne Weiteres auf die Erbgrade der Novelle anwenden, bei denen das nicht der Fall ist. Man wird um so mehr geneigt sein, dies anzuerkennen, wenn man bedenkt, ein wie precärer Begriff der Begriff des Erbgrades ist.

Man hat behauptet,[31] ein jeder, der in abstracto Erbe sei, habe seinen bestimmten Erbgrad. Wäre dies der Fall, so könnte man allerdings eine successio der Erbgrade für eine Nachfolge bestimmter Personenreihen annehmen.

Es ist dies aber unrichtig, was sich am Besten durch ein Beispiel nachweisen läßt.

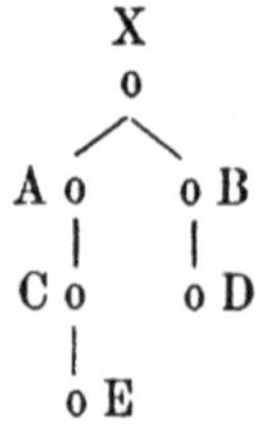

X hinterläßt zwei Söhne A und B, ferner C den Sohn des A, und D den Sohn des B, endlich einen Enkel E, den Sohn des C.

Wäre es nun wahr, daß sich alle Erben von vornherein nach Erbschaftsgraden ordnen ließen, so müßte man mit Bestimmtheit wissen, in welchem Erbgrade z. B. E steht. Stellt man ihn in den dritten Erbgrad, indem man A und B dem ersten, C und D dem zweifen Erbgrade zuertheilt, so ist dies doch nur für den Fall richtig, daß C erst nach A und B wegfällt; fällt C weg, während A und B noch nicht angetreten haben, so rückt E in den zweiten Erbgrad auf, denn es ist unstreitig, daß er dann beim Wegfalle des ersten Erbgrades erbt.

Bevor also dem E deferirt wird, weiß man nicht, in welchem Grade er erbt. Gleiches gilt überhaupt von allen entfernteren Erben (mit Ausnahme der 4ten Klasse, in der sich die Erbgrade, wie ehemals, mit den Verwandtschaftsgraden decken). Es giebt daher überhaupt keine vorher bestimmten Erbgrade, daher auch keine eigentliche Succession derselben; wenn man von einer Succession der Erbgrade spricht, so meint man streng genommen nur die Negation des altcivilrechtlichen Princips, daß es absolut bei der ersten Delation verbleiben müsse, es liegt darin nur der Satz, daß succedirt werden solle, während bei einer Succession der Verwandtschaftsgrade zugleich feststeht, wer succediren solle.

Alles dies scheint mir, wenn auch nicht mit Nothwendigkeit, so doch mit Wahrscheinlichkeit darauf hinzudeuten, daß auch im vorjustinianischen Rechte in der Klasse unde cognati die Erbgrade eben deshalb succedirten, weil sie Verwandtschaftsgrade waren (was dann Justinian auf die Agnaten ausdehnte). Es galt der Satz: „Die hintereinander berufenen Verwandten succediren einander nach der Grabesnähe."

Es ist nun nicht einzusehen, warum der Satz nicht auch in dem Rechte der Novellen 118 und 127 gelten solle, das sich doch anerkannter Maßen an das prätorische Cognationsprincip anlehnt und eigentlich nichts Anderes ist, als der alte ordo unde cognati, in welchem drei Personenklassen vor den übrigen besonders bevorzugt sind. In diesen drei Personenklassen folgen die Erben durchaus nicht nur nach der Grabesnähe, jedoch innerhalb derselben sind noch jetzt Reihen von Personen vorhanden, bei denen die früher allgemeine Nachfolge nach Grabesnähe beibehalten ist. So schließt in jeder Descendenten-Stirps der nähere Verwandtschaftsgrad den Entfernteren aus, das Gleiche gilt im Allgemeinen von den Ascendenten und von den voll-, beziehungsweise halbbürtigen Brüdern im Verhältnisse zu den voll- bezw. halbbürtigen Bruderskindern. Diese erben noch nach wie vor nach Verwandtschaftsgradesnähe, wie der alte ordo unde cognati; warum sollen sie nun nicht auch ebenso unter einander succediren? Folgende Beispiele sollen dies klarer machen:

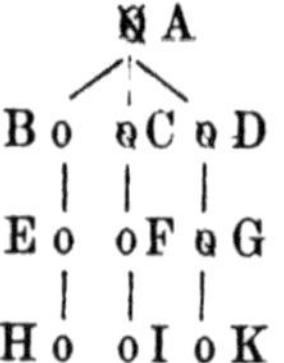

A hinterläßt einen Sohn, B, einen Enkel von einem vorverstorbenen Sohne, den F und einen Urenkel von einem andern Sohne den K als nächste unmittelbare Descendenten, außerdem leben noch die Söhne von B und F: E und I und ein Sohn von E: H.

Wäre dieser Fall nach dem alten Erbrechte des ordo unde cognati zu entscheiden gewesen, was z. B. dann möglich war, wenn die Betheiligten es versäumt hatten, die bonorum possessio in den früheren ordines zu agnosciren, so würde B als erster Verwandtschaftsgrad allein succediren, dann würden bei seinem Wegfalle E und F und an dritter Stelle H, I und K zur Erbschaft kommen. Dies verhält sich nun nach dem Rechte der Novelle 11 anders, in der Justinian ausdrücklich verordnet hat: in hoc ordine gradum requiri nolumus; das heißt nun natürlich nicht, daß alle sechs überlebenden Descendenten erben sollen, sonbern nur, daß in jeder Stirps unb in der Verzweigung einer jeden Stirps ohne Rücksicht auf die anderen Stirpes nach Verwandtschaftsnähe geerbt werden solle; die alte Erbfolge nach Verwandtschaftsgraden ist nur noch innerhalb der stirpes aufrecht erhalten geblieben, deshalb ist auch eine Succession nach Verwandtschaftsgraden nur noch innerhalb der stirpes denkbar.

Während also F früher erst dem B succedirte, so braucht er sich jetzt nicht mehr um diese Nebenstirps zu kümmern, sondern erbt in seiner Stirps, obwohl er den zweiten Verwandtschaftsgrad inne hat, dennoch deshalb zuerst, weil in dieser Stirps ein erster Verwandtschaftsgrad nicht vorhanden ist, desgleichen K in seiner Stirps. Dagegen ist E allerdings noch nach wie vor von B durch dessen Verwandtschaftsgrad ausgeschlossen, unb ebenso H durch B unb E. Es ist daher nicht ersichtlich, warum E nicht auch wie früher, dem B bei dessen Wegfalle succediren solle.

Die Gegenpartei wird wahrscheinlich erwidern: „Weil jetzt auch F unb K neben B berufen sind, diese aber vermöge des Accrescenzrechtes den E ausschließen müssen." Diejenigen, welche das behaupten, mögen wohl bedenken, daß sie es sind, welche eine Neuerung statuiren, daß sie daher die Beweislast trifft. Diese absolut exclusive Kraft des Accrescenzrechts ist ein Dogma, das nicht eher anerkannt werden kann, als es bewiesen ist, unb, daß sich aus dem vornovellischen Rechte der Beweis dieses Dogmas nicht erbringen läßt, ist schon vorher ausgeführt worden.

Es erben also, wenn B F K zugleich wegfallen, E unb I nicht etwa, wie die herrschende Meinung annimmt, als ein zweiter Grad, denn I gehört ja dem dritten Verwandtschaftsgrade an unb die Erbgrade succediren nach der hier aufgestellten Ansicht deshalb nicht, weil eine Succession der Erbgrade gesetzlich nicht bestimmt ist. Man muß vielmehr sagen: E succedirt als Erbe zweiten Verwandtschaftsgrades dem B, welcher den ersten Grad inne hat, I als dritter Grad dem F, welcher zum zweiten Grabe

gehört, dem K aber succebirt Niemand, so daß seine Portion
dem E und I, welche in die Portionen des B bezw. F nachgerückt
sind, accrescirt. Aehnliches gilt in der zweiten und dritten Klasse.

In der zweiten Klasse, so wie sie nach der Novelle 127
gestaltet worden ist, erbt Bruder und Bruderskind ganz unabhängig von der Grabesnähe der vorhandenen Ascendenten, ebenso
erbt der nächste Ascendent unabhängig von der Grabesnähe des
etwa vorhandenen vollbürtigen Bruders und Bruderskindes. Unter
sich aber folgen die Ascendenten einerseits und Bruder und Bru-
derskinder andererseits hintereinander nach Grabesnähe als zwei
Reihen, die sich gegenseitig nicht berücksichtigen, gerade wie vorher
die einzelnen Descendentenstirpes. Z. B.:

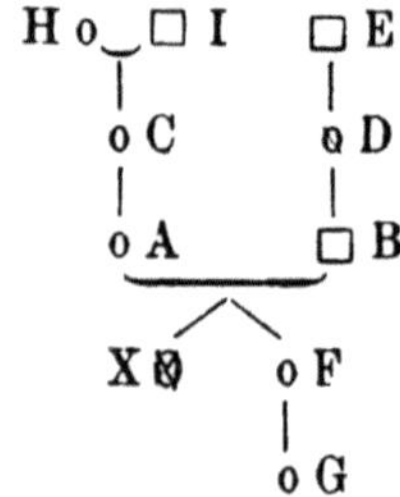

X hinterläßt Vater und Mutter A und B, daneben einen väterlichen Großvater, C, die väterlichen Urgroßeltern H und I und
eine mütterliche Urgroßmutter, E, außerdem einen vollbürtigen
Bruder F und dessen Sohn G; hier erbt offenbar C als zweiter
Verwandtschaftsgrad hinter A und B, welche den ersten Verwandtschaftsgrad inne haben, und E, H, I hinter C, als dritter
Verwandtschaftsgrad, gerade so wie im vornovellischen Rechte im
ordo unde cognati. Warum sollen sie nun nicht ebenso, wie
früher, einander succediren? Warum soll F, der früher nie den
C ausschloß, ihn nun ausschließen? Daß er dies vermöge der
Macht des Accrescenzrechtes könnte, müßte eben erst bewiesen
werden.

Wenn daher A B und F zusammen wegfallen, so bedarf es keineswegs, wie die herrschende Meinung durchweg annimmt, einer neuen Delation der gesammten Erbschaft an C und G; es wäre das eine Succession der Erbgrade, die eben nirgends gesetzlich statuirt ist; sondern nur einer neuen Delation sämmtlicher zuerst deferirter Erbschaftstheile an die bezüglichen Nacherben,[32] d. h. C succedirt dann dem A und der B, und G dem F in deren Erbschaftstheile, also jeder der früheren Verwandtschaftsklasse, welche ihn ausschloß, wie in dem alten ordo unde cognati.

Es ergeben sich demnach sogar ganz andere practische Resultate, als sie allgemein für diesen Fall angenommen werden; die hier vertretene Auffassung dient daher nicht blos als anderweitige Begründung einer auch sonst vielfach anerkannten Meinung, sondern ergiebt auch für den hier vorliegenden Fall ein meines Wissens noch nicht aufgestelltes practisches Resultat. Sie weicht zwar auch hinsichtlich der ersten Klasse der Descendenten, wie oben ausgeführt ist, von der herrschenden Meinung darin ab, daß sie einmal beim Wegfallen sämmtlicher ersten Delaten nicht durch eine neue Delation der gesammten Erbschaft einen ganzen Erbgrad, sondern durch eine neue Delation der bereits deferirten Theile in jeder einzelnen stirps den nächsten Verwandtschaftsgrad folgen läßt, ebenso zweitens darin, daß sie da, wo beim Wegfallen eines ganzen Erbgrades zugleich eine stirps ausstirbt (also im vorletzten Beispiele beim Wegfalle von B, F und K), nicht eine neue Delation der gesammten Erbschaft an die übrig bleibenden stirpes annimmt, sondern vielmehr die Portion der ausgestorbenen stirps denen der andern stirpes accresciren läßt. Allein eine practische Verschiedenheit gegenüber der herrschenden Meinung konnte das deshalb nicht ergeben, weil es hinsichtlich des ersten Punktes gleichgültig ist, ob man die den stirpes zugefallenen Theile in diesen stirpes weiter deferirt, oder das Ganze

nochmals in dieſelbe Zahl der stirpes theilt, und es ebenſo hin-
ſichtlich des zweiten Punktes nicht darauf ankommt, ob man die
ganze Erbſchaft (e) unter die übrig bleibenden stirpes (s — 1)
neu vertheilt, oder jeder stirps ihren urſprünglichen Theil $\left(\frac{e}{s}\right)$
beläßt und dieſem nur diejenige Quote des Theils der ausgefal-
lenen stirps $\left(\frac{e}{s}\right)$ zulegt, welche auf jede einzelne der übriggeblie-
benen stirpes kommt $\left(\frac{e}{s\,(s-1)}\right)$. Denn $\dfrac{e}{s-1} = \dfrac{e}{s} +$
$\dfrac{e}{s\,(s-1)}$. Hier aber in der zweiten Klaſſe, in der nicht in
stirpes, ſondern in capita getheilt wird, und in der die eine
der unter einander nach dem Verwandtſchaftsgrade ſuccedirenden
Reihen, die der Aſcendenten nämlich, auf den verſchiedenen Ver-
wandtſchaftsſtufen eine verſchiedene Zahl von Erbberechtigten haben
kann, hier alſo kommt es ſehr darauf an, ob, wenn die erſten
Delaten weggefallen ſind, eine neue Geſammt-Delation mit der
Vertheilung in capita, deren Zahl nun eine andere geworden iſt,
Statt findet, oder ob der folgende Verwandtſchaftsgrad in die Portion ſuccedirt, welche der ihm vorgehende, nachträglich weggefal-
lene Verwandtſchaftsgrad gehabt hat. Hier muß ſich zweitens
auch für den Fall ein Unterſchied ergeben, daß beim Wegfallen
eines Erbgrades eine der unabhängig von einander ſuccedirenden
Reihen (die Aſcendenten einerſeits und jeder vollbürtige Bruder
mit ſeinen Kindern andererſeits) ausſtirbt. Hier iſt es nicht gleichgültig, ob man, wie es aus der hier vertretenen Anſicht folgt,
den ausfallenden Theil den Nachfolgern der andern Reihe accresciren läßt, oder, wie es die herrſchende Meinung thut, unter
dieſelben die geſammte Erbſchaft, eventuell ſogar nach anderen
Grundſätzen, neu theilt.

Wenn z. B. in dem letzten Beiſpiele A, B und F wegfallen, ſo deferirt die herrſchende Meinung das Ganze neu an C

und G und giebt jedem den halben Nachlaß. Nach der hier ver=
tretenen Ansicht muß man aber sagen, C succedirt der ihn aus=
schließenden Verwandtschaftsklasse A und B und erhält das, was
dieser deferirt war, nämlich zwei Drittel des Nachlasses, G dage=
gen succedirt in das Drittel des F. Ferner, wenn A, B, C,
F und G zugleich wegfallen, so deferirt die herrschende Meinung
das Ganze von Neuem an H, I und E, und zwar in lineas,
dabei erhält E ½ und H und I je ¼. Nach der hier vertre=
tenen Auffassung succediren sie in das, was der sie ausschließen=
den Verwandtschaftsklasse A und B deferirt war, d. i. in $\frac{2}{3}$ zu
gleichen Theilen, sie erhalten also auf dem Wege der Succession
jeder $\frac{2}{9}$, dazu tritt auf dem Wege des Accrescenzrechts das Drit=
tel des F, wovon jeder seinen Theil mit $\frac{1}{9}$ erhält, es erbt also
jeder $\frac{2}{9} + \frac{1}{9} = \frac{1}{3}$.[33]

Nach dieser Auffassung kann es auch nicht fraglich sein,
nach welchem Momente die Erbschaft zu theilen sei, nach dem des
Erwerbes oder dem der Delation, da nach ihr jeder nachrückende
Erbe immer nur in den bei der Delation bestimmten Theil sei=
nes Vordermannes einrücken kann.

§ 5.

Rückblick auf den Gang und das Ziel der vor= liegenden Abhandlung.

Die hier gegebene Auffassung entscheidet nicht nur den Fall
der Collision der successio graduum und des jus accrescendi
zu Gunsten der erstern, sondern sie erweist auch, daß die allein
gesetzlich statuirte Succession der Verwandtschaftsgrade selbst=
verständlich die erste Delation insofern durchbrechen muß, als die=

felbe auch an andere Perfonen, als folche, welche dem Nach-
rückenden durch Grabesnähe vorgehen, geschehen ist. Die Succeffion der Erbgrade, die man meines Erachtens ohne allen
Grund annimmt, ist in Wahrheit nichts anderes, als die Summe
der schon vor der Novelle statuirten Succeffion der Verwandtschaftsgrade.

Die Enkel folgen daher nicht den Söhnen als ein folgender
Erbgrad, sondern ein jeder Enkel succedirt seinem Vater als der
nächste Verwandtschaftsgrad und zwar diesem allein, ob die Mit-
belaten seines Vaters aus andern Stirpes zugleich mit demselben
weggefallen sind, ist für ihn gleichgültig; denn diesen succedirt er
nach dem Rechte der Novelle gar nicht u. s. w. Die herrschende
Meinung setzt also die Succeffion des zweiten Erbgrades als das
prius voraus, d. h. sie nimmt an, daß nach dem Rechte der
Novelle, wenn alle zuerst Erbenden weggefallen sind, dann an
die, welche nunmehr die nächsten Erben sind, als an einen zweiten Erbgrad deferirt werden müffe, und zwar ohne dies gesetzlich
direct beweisen zu können. Dies vorausgesetzt, verlangt nun die
eine Partei den Beweis, daß diese Succeffion stark genug sei,
um das Accrescenzrecht zurückzudrängen, während die andere Partei sich mit der Erbringung dieser probatio diabolica abmüht.
Meines Erachtens muß man die ganze Frage umkehren und die
alte Succeffion der Verwandtschaftsgrade, welche nach dem
Obigen selbstverständlich das Accrescenzrecht durchbrechen muß, als
die eigentliche in dem Rechte der Novelle 118 geltende Succeffion
erachten und statuiren, daß jene scheinbare Succeffion der Erbgrade nichts andres ist, als die Summe der alten Verwandt-
schaftsgradesuccessionen, welche im ordo unde cognati eingeführt,
nunmehr noch überall da die alte Geltung behalten haben, wo
die alten Voraussetzungen vorliegen.

Es ist also hier keine Lücke im römischen Rechte, vielmehr
ist die Entscheidung der Streitfrage auf positiver gesetzlicher Grund-

lage festgegründet. Sie mußte für Justinian selbstverstänblich sein. Man darf es daher ihm nicht zum Vorwurfe machen, daß er nichts darüber bestimmt hat, ob er die alte Succession der Verwandtschaftsgrade beibehalten wolle oder nicht; das erstere mußte sich von selbst verstehen; ebensowenig beburfte es einer Bestimmung über den Vorzug der successio graduum vor dem Accrescenzrechte, da sich aus der Natur der ersteren beren Vorzug von selbst ergab. Daß die nachrömische Jurisprudenz statt dieser Succession der Verwandtschaftsgrade eine Succession der Erbgrabe annehmen, und baburch überhaupt die vorliegende Controverse erst möglich machen würde, das konnte er nicht voraussehen.[34]

Anmerkungen.

1. Die Hauptverfechter der hier bekämpften Ansicht sind:

Glück, Intestaterbfolge. 2. Aufl. Erlangen 1822. § 150 ff. S. 573 bes. Anm. 18. (Derselbe giebt S. 251 Anm. 81 eine Uebersicht über die ältere einschlägige Litteratur.)

Büchel, Civilrechtliche Erörterungen. Zweiter Band. Marburg 1839. S. 82 ff. (hauptsächlich gegen Francke und Mayer s. unten.)

Roßhirt, Einleitung in das Erbrecht. Landshut 1831. S. 409.

Baumeister, Das Anwachsungsrecht. Tübingen 1829. S. 36. 41 ff.

v. Helmolt, Das Accrescenzrecht und die successio graduum der Novellen 118 und 127. Gießen 1855.

v. Savigny, System. Bd. 8 S. 488.

Puchta, Lehrbuch der Pandecten. 4. Aufl. 1848. S. 622 § 458.

Thibaut, System. 6. Aufl. 1823. Bd. 2 S. 124 § 683.

Mühlenbruch, doctrina pandectarum T. III ed. III. 1831. § 631 p. 222. Derselbe, Fortsetzung von Glück's Pandectencommentar. Bd. 43 S 272 ff..

Arndts, Pandecten, § 518 Anm. 2. Derselbe in Weiske's Rechtslexicon Bd. 5. Art. Römische Intestaterbfolge S. 694.

v. Bangerow, Lehrbuch der Pandecten. 7. Aufl. 1867. S. 62 ff.

Schirmer, Handbuch des röm. Erbrechts. 1863. Bd. 1 S. 264 ff.

Fitting im Archiv für civ. Pr. Bd. 57 Nr. 9, dessen Abhandlung ich leider erst während des Drucks erhielt:

Die hier vertheidigte Ansicht wurde zunächst nur hinsichtlich der Succession der Brudersöhne verfochten von Stryk, tractatus de successione ab intestato dissert. III c. 1 § 11 und Leyser, med. ad pand. Lipsiae et Guelpherbyti 1727 t. III spec. 423 med. 4. (vgl. Witte, Rechtslexicon Bd. 1 Art. Anwachsungsrecht S. 281 Anm. 52.)

Ihr Hauptvertheidiger ist Francke, Beiträge zur Erläuterung einiger Rechtsmaterien. Thl. 1. Göttingen 1828. S. 167—186.

Mayer, Das Recht der Anwachsung. Tübingen 1835. S. 266—297.

E. Witte, in Weiske's Rechtslexicon Bd. 1. Art. Anwachsungsrecht S. 280. 81. Derselbe, preuß. Intestaterbrecht. Leipzig 1838. S. 43 ff.

v. Wening-Ingenheim, Lehrbuch des gemeinen Rechts. 4. Aufl. 1832. Bd. 3. § 439. Anmerf. 1.

Sintenis, Das practische gemeine Civilrecht Bd. 3. 3. Aufl. Leipzig 1869. § 163. Note 16 S. 318 ff.

Windscheid, Pandecten. Bd. 3. 2. Aufl. 1871. S. 120 § 573. Anm. 4. 5.

Brinz, Pandecten, Zweite Abtheilung. Erlangen 1860. S. 808. § 191.

Mittelmeinungen vertreten: Koch, successio ab intestato § 102. Tewes, System des Erbrechts. Leipzig 1863 S. 125 ff.

Eine Uebersicht über die Litteratur der vorliegenden Controverse giebt u. a. Helmolt a. a. O. S. 42 Anm. 26.

2. von Büchel a. a. O. S. 87. 88, f. dagegen Sintenis a. a. O. S. 318 Note 16. vgl. übrigens auch Schirmer a. a. O. S. 264.

3. Die Gegner der hier vertretenen Ansicht haben mitunter die practische Bedeutung der Frage in Abrede gestellt, hauptsächlich deshalb, weil das Transmissionsrecht dem Accrescenzrechte gegenüber meist die nöthige Abhülfe gewähre, vgl. z. B. Puchta a. a. O., Helmolt a. a. O. S. 96 Anm. 4. Vgl. dagegen Witte, Weiske's Rechtslexicon Bd. 1 S. 281 Anm. 52. Büchel, a. a. O. S. 89.

4. Die hierhergezogenen Stellen sind hauptsächlich § 9 inst. de bon. poss. 3, 9 und l. 2 § 18, dig. ad Sc. Tertullian. 38, 17. Dieselben sollen unten in anderem Zusammenhange besprochen werden.

5. Mühlenbruch, Glücks Commentar a. a. O.

6. Vangerow, a. a. O. 15. Vgl. dagegen Windscheid a. a. O. Anm. 5 S. 122.

7. Baumeister, a. a. O. S. 41.

8. Helmolt, a. a. O. S. 85.

9. Büchel, a. a. O. S. 122. Helmolt, a. a. O. S. 56, vgl. auch Tewes, a. a. O. S. 127. 128.

Alles, was von dem Gesichtspunkte des sog. Repräsentationsrechtes aus in der vorliegenden Frage behauptet ist, glaube ich übergehen zu dürfen, da dieser Begriff heutzutage unzweifelhaft allgemein verworfen ist (vgl. z. B. Dworzak bei Gruchot, Preuß. Erbr. Berlin 1867 Bd. 3. S. 55).

10. Mayer, Recht der Anwachsung S. 295; f. dagegen Mühlen=
bruch, Commentar Bd. 43 S. 283. Helmolt, a. a. O. S. 51.

11. Francke, a. a. O. S. 180.

12. Brinz, a. a. O. S. 808.

13. Sintenis, a. a. O. Anm. 16.

14. Dieselbe will Windscheid, a. a. O. S. 122 anwenden.

15. So auch Schirmer, Erbrecht 1863, Bd. 1 S. 269 Anm. 38.

16. a. a. O. S. 264 ff.

17. Daß es unzuläſſig iſt, die Ausſchließlichkeit des Accreſcenzrechtes, welche vor der Novelle 118 galt, aus einer Bevorzugung deſſelben vor der successio graduum herzuleiten, hat beſonders Francke, a. a. O. S. 180 ff. hervorgehoben.

18. Dies iſt ſchon von Donellus, commentarii juris civilis liber IX cap. 4 § ult. hervorgehoben worden, ſo auch von Witte, Weis=te's Rechtslexicon Bd. 1 S. 280. Windscheid, Pandecten Bd. 3 § 579 Anm. 9. Büchel, a. a. O. S. 95 ff. Witte, preuß. Inteſtaterbr. S. 44. Die entgegengeſetzte Meinung vertreten z. B. Voet. commentar. t. II. de Hondt MDCCVII pag. 583, Mayer, Recht der Anwachſung S. 271 und für das Juſtinianiſche Recht die Glossa Negat. ad c. 3 unde liberi 6, 14. Vangerow, Pandect. Bd. 2 7. Aufl. S. 31. Die von dieſer Meinung ſchon von der Gloſſe angezogene c. 3 unde liberi 6, 14, beweiſt nach der meines Erachtens richtigen Interpretation, welche Tewes Syſtem S. 122 giebt, nichts für dieſelbe. Eine andere Interpretation zu Gunſten der hier vertretenen Meinung giebt auch Büchel, a. a. O. S. 106.

19. Vgl. hierüber beſonders Büchel, a. a. O. S. 95 ff. Sintenis, a. a. O.

20. So Vangerow, a. a. O. S. 31.

21. Vgl. Büchel, a. a. O. S. 145. Man braucht daher nicht, um dieſe Stelle als Beweismittel gegen die hier vertretene Anſicht zu entkräften, zu der wahrhaft gewaltſamen Interpretation zu greifen, welche ihr Mayer, Anwachſungsrecht S. 290 zu Theil werden läßt, vgl. dagegen Vangerow, Bd. 2 S. 66. Mayer bezieht nämlich gradus hier auf den ordo (eine Anwendung des Wortes, die nicht unquellenmäßig iſt. Vgl. Mayer, Recht der Anwachſung S. 290), und will das ſonſt ſtets als terminus technicus gebrauchte Wort adcrescere in dem Sinne von „zufallen“ verſtehen, ſo, daß es auf das Zufallen nicht blos an Miterben, ſondern auch auf das Zufallen an Nacherben zu beziehen wäre. Dies iſt offenbar unzuläſſig.

22. Die Stelle benützen zum Beweise der hier verfochtenen Ansicht Francke, a. a. O. S. 183, Mayer, Recht der Anwachsung S. 296, Wening-Ingenheim, Pandecten, 3. Aufl. Bd. 3 S. 192 Anm. r, Witte, Weiske's Rechtslexicon Bd. 1 S. 278 Anm. 41, während die andern Vertreter der hier verfochtenen Ansicht mit Recht auf dieses precäre Beweismittel verzichten, vgl. z. B. Windscheid, Pand. 3 S. 123 § 573 Anm. 5 am Ende.

23. Auch die zweite Hälfte der hier nicht vollständig abgedruckten Stelle ist von Interesse, weil sie einen Parallelfall zu dem in der ersten Hälfte behandelten Falle giebt, doch kann hier nicht näher darauf eingegangen werden. Zur Auslegung dieser Stelle sind überhaupt außer den in Anm. 22 angeführten zu vergleichen, Vangerow, Pand., 7. Aufl. Bd. 2 S. 65, Mühlenbruch, Fortsetzung von Glücks Comment. S. 288, Derselbe, doctrina pandectar. tom. III. ed. III. 1831. § 631 p. 223. n. 7. Baumeister, Recht der Anwachsung S. 27. 46. Roßhirt, Einleitung in das Erbrecht S. 411 Anm. 120. Büchel, a. a. O. S. 92 Anm. 3. S. 146 ff. Schirmer, Erbrecht, Bd. 1 S. 266 Anm. 33. Löhr, Magazin für Rechtswissenschaft und Gesetzgebung. 1820. Bd. 4 Heft 1 S. 118 Anm. 1.

24. Auf diese Argumentation scheint mir Mühlenbruch, a. a. O. hinzudeuten.

25. Mit Recht ist vielfach darauf hingedeutet worden, daß man die erste Erbklasse in keiner Weise mit dem alten ordo unde liberi in Vergleich stellen darf, mit welchem sie nur die Vertheilungsart nach Stirpes gemeinsam hat. Vgl. hierüber besonders Büchel, a. a. O. S. 118. Der ordo unde liberi lehnte sich durchaus an die Klasse der sui an, welche bekanntlich nach einem altcivilen Gesichtspunkte auf die Unmittelbarkeit der väterlichen Gewalt des Erblassers sieht, dieser Gesichtspunkt ist dem Rechte der Novelle durchaus fern geblieben.

26. Z. B. Sintenis, a. a. O. Helmolt, a. a. O. S. 22—33, versucht, dieselbe gesetzlich zu begründen, allein die daselbst gegebene Begründung auf cap. 4 der Novelle 118 ist offenbar ungenügend, und auch die folgende Bezugnahme auf cap. 5 scheint mir keine Beweiskraft zu haben.

27. So z. B. Glück, Intestaterbrecht, § 150. Mayer, Recht der Anwachsung S. 283. Arndts, Weiske's Rechtslexicon, Bd. 5 S. 694. Witte, Weiske's Rechtslexicon, Bd. 1 S. 280.

28. Vergl. z. B. l. 1 § 1, l. 9, l. 10 dig. de gradibus et affinibus 38, 10, § 7, § 11, inst. de grad. cognat. 3, 6, l. 1 § 3. l. 6 (gradatim) dig. unde cogn. 38, 8. **Dirksen**, manuale latinitatis **fontium** juris civilis Romanorum Berolini MDCCCXXXVII sub voce **gradus** p. 405 § 4. Brissonius de verborum signif. Francof. MDLXXXVII sub h. v. p. 251 und die daselbst citirten Gesetzesstellen, Mayer, Recht der Anwachsung S. 266. 289 Anm. 1. Anders verhält sich die Sache im testamentarischen Erbrechte, wo bekanntlich bei den Substitutionen von gradus heredum, d. h. Erbgraden, die Rede ist; diese Homonymität des Wortes gradus berechtigt jedoch nicht zu einer Confundirung der beiden Begriffe.

29. So besagen allerdings die Worte des § 9 inst. de bon. poss. 3, 9: vel si nemo sit deinceps ceteris bonorum possessionem perinde ex successorio edicto pollicetur ac si is, qui praecedebat ex eo numero non esset, daß es so gehalten werden solle, als ob beim Wegfallen des ersten Grades eine neue Delation erfolgte, d. h. der nächste Erbgrad nachrückte. Vgl. auch § 7: inst. de leg. agn. succ. 3, 2. Placebat autem in eo genere (bei den Agnaten) percipiendarum hereditatum successionem non esse, id est ut, quamvis proximus, qui secundum ea, quae diximus, vocatur ad hereditatem, aut spreverit hereditatem, aut antequam adeat, decesserit, nihilo magis legitimo jure sequentes (der nächste Erbgrad) admittantur. Aehnlich c. 18 § 3. Cod. de jure deliber. 6, 30 quasi ab initio non essent ad eum delatae (sc. hereditates) et eo modo ad illas personas perveniant, quae vocabantur, si minime hereditas infanti esset delata.

30. Vgl. z. B. § 7: inst. de legit. agnat. successione am Ende, maxime quum in onere quidem tutelarum et proximo gradu deficiente sequens succedit.

31. Arndts, Weiske's Rechtslexicon Bd. 5 Art. Röm. Intestat-Erbfolge S. 694 Anm. 164.

32. „Es ist eben ein Unterschied: neue Berufung für den ausfallenden Theil, und neue Berufung für die ganze Erbschaft." (Windscheid, Pand. Bd. 3 S. 123 § 573 Anm. 6.) Man könnte vielleicht meinen, ein Theil der Erbschaft könne nicht neu deferirt werden, sondern höchstens durch Transmission an einen Nachfolger des Delaten gelangen. Es wäre dies aber eine völlig unbewiesene petitio principii. Mit der principiellen Einheit der Erbschaft steht die Annahme einer Succession in einen Theil, d. h. der neuen Delation dieses Theils an den Nachfolger des ersten Delaten ebenso wenig im Widerspruche, wie die Möglichkeit einer anfänglichen Berufung mehrerer Erben." Hier, wie dort, sorgt das Accrescenzrecht dafür, daß die Einheit der Erbschaft gewahrt bleibt, d. h. daß, sobald der eine Erbe oder sein gesetzlicher Nacherbe seinen Theil nicht erwirbt, dieser an dessen Miterben fällt. Es ist richtig, daß die Theile der Erbschaft nur concursu entstehen und cessante concursu aufhören, allein, so lange, als noch ein Nacherbe da ist, dem das Gesetz das Recht gewährt, den deferirten Theil durch eine neue Delation desselben zu erlangen, darf man meines Erachtens nicht sagen, daß der concursus bereits cessire, ohne sich einer petitio principii schuldig zu machen. Wäre eine neue Theildelation juristisch unmöglich, so müßte es auch unmöglich sein, einem von mehreren Miterben einen testamentarischen Substituten zu ernennen; denn auch einem solchen wird bei dem Wegfalle seines Vordermannes dessen Theil neu deferirt. Ebenso wenig, wie bei diesem, liegt auch in unserm Falle eine Succession in die Delation, d. h. eine Transmission vor, sondern nur eine Succession aus eigenem Rechte und neuer, besonderer Delation in den Theil, welcher vorher einem andern deferirt war. Dieser Fall unterscheidet sich also von dem unzweifelhaften Falle der successio graduum in den Nachlaß eines Alleinerben einzig und allein dadurch, daß in dem letztern das ganze Erbrecht, in unserm Falle aber nur ein Theil desselben weiter deferirt wird.

33. Es ist also nicht richtig, daß der, welcher der successio graduum den Vorzug vor dem Accrescenzrechte giebt, consequenter Weise die Theilung von dem Augenblicke der Delation auf den Augenblick der Theilung verlegen müsse (was z. B. Vangerow, a. a. O. S. 68 behauptet, vgl. dagegen Windscheid, Pandecten Bd. 3 S. 123 § 573 Anm. 6). Nach der hier vertretenen Auffassung kommt es in demselben ordo nie zu einer neuen Gesammt-Delation, also kann es auch nie zu einer neuen Theilung kommen, es ist eben nicht richtig, was Vangerow a. a. O. in Uebereinstimmung mit der herrschenden Meinung behauptet, daß auch die successio graduum nur als Folge einer neuen Delation (der ganzen Erbschaft) denkbar ist. Alles, was sich gegen eine spätere abweichende Theilung sagen läßt, dient daher zur Unterstützung der hier gegebenen Auffassung. Dazu gehört vor Allem, daß bei nachträglicher Theilung sogar eine Decrescenz der ursprünglich deferirten Portionen eintreten kann, was zwar nicht juristisch unmöglich (vgl. Windscheid a. a. O.), aber doch offenbar unbillig ist. So hat man schon seit langer Zeit (vgl. z. B. Voet. comment. ad dig. 38, 17 S. 582) zur Abschreckung von der Annahme einer nachträglichen Theilung den Fall aufgestellt, in welchem nach dieser Ansicht ein Bruder, der mit Bruderskindern zusammen erbt, durch Repubiation bewirken könne, daß durch Eintreten der Theilungsart in capita seine zahlreichen Kinder mehr erhielten, als er selbst erhalten haben würde.

Eine derartige Repubiation, welche im siebzehnten Jahrhundert Ernst von Gotha zum Nachtheile der Söhne des Wilhelm von Weimar vorgenommen hat, berichtet Leyser, med. ad pand. specimen 423 med. IV.

34. Das preußische Recht entscheidet im A. L.-R. Th. II Tit. 2 § 352 gleichfalls für die hier verfochtene Ansicht (vgl. Witte, das preuß. Intestaterbrecht. Leipzig 1838. S. 46. Koch, das preuß. Erbrecht. Berlin 1866. S. 994.), obwohl dies nicht ganz unbestritten ist (vgl. Rönne, Ergänzungen zu dem A. L.-R. Th. II § 352), vgl. auch das erneuerte Landrecht des Herzogthums Würtemberg Th. IV Tit. 16 § 7:

Da aber ein Kind oder Kindeskind, sich seiner Vätter- oder Müitterlichen, Altwätter- oder Altmütterlichen Erbschaft enthalten, und selbige repubiirt, aber doch auch Kinder hette, tretten dieselbe Kinder an ihres Vaters oder Mutter statt, und erben neben andern Kindern oder Kindskindern zum Stammtheil, nicht anderst, als wann ihr Vatter oder Mutter, so der Erbschafft sich enthalten, tods vergangen were.

(Gruchot, Pr. Erbrecht in Glossen zum Allgem. Landrecht. Berlin 1867. Bd. 3 S. 62.)

Halle, Buchdruckerei des Waisenhauses.